挽歌、海に流れて

斎藤紘二

思潮社

挽歌、海に流れて　目次

装幀＝思潮社装幀室

I

納棺師

死者の顔に刻まれた苦しみを取りのぞき
できる限りもとの柔和な表情を取りもどす

けっして生き返らせるのではない
それはもちろん不可能だが　せめて
生きていたときの穏やかな顔にもどしたい

津波で壊れた世界そのものを
大がかりに復元するのではない

納棺する前の死者の顔に
ひととき安らぎをあたえようとして
納棺師は死から生への
修復の巧みな魔術師《マジシャン》になる

死んだ父親の顔を怖れていた幼子が
修復された顔に近づき
頬笑みながらお父さんと呼ぶ

そのとき納棺師は
世界を復元できないながらも
幼子のこころは修復できたのだ
死に化粧がつくる人工の微笑の
不思議な明るさによって

海からはいくらか離れた

死臭漂う半壊の家屋で
やっと納棺の準備をおえ
隣の部屋にさがった女納棺師は
額の汗をぬぐって鏡にむかう
それから自分の唇に紅をひく

葬送

瓦礫のなかでやっと捜しあてたあなたの
濡れた遺体のまえに力なく跪き　それから
嘘のように静かに凪いだ海を見つめていた

三月の雪は
怒り狂った弟の背をなでて
せつなくたしなめる姉のように海を宥め
降るほどにほんとうの春は遠のいて
いつまでもやって来ないように思われた

あなたは濡れて冷たい体を雪にさらして
それでもまるで寒くはないというように
瓦礫のなかにひっそりと横たわっていた

目は閉じられているが口はやや開かれて
何か言いたげで　たとえば春は
かならずやって来るから　きっと
そう言いたげに開かれていて悲しかった

海を愛した屈強な漁師の
そのいのちを奪った海を憎みはしない
あなたはふるさとのような海に帰って行ったのだから

だが　あまりにも多くの人が一遍に亡くなって
町そのものが死んだも同然で
葬儀もできず火葬もできず

やむなく土葬にしてあなたを送る
（挽歌を歌う者、今はなく）

わたしたちは普段着のまま車から降り
瓦礫のなかであなたを見つけた時の悲しみと
やっと捜しあてた安堵の気持ちを思い出しながら
海のよく見える小高い丘の
この仮の眠りの場所に
あなたのどっしりと重い柩を埋葬する
そうしてあなたの死だけではなく
簡素をこえた葬送の貧しさにも涙するのだ

贈り物

肉体はゆっくりと腐敗へ傾いていた
だが彼の腐敗への傾きを
止めることのできる者はいなかった

多くの命を救った
勇敢な消防士である彼にも
恐怖がなかった訳ではない
それでも彼は最後まで
海辺を離れることはなかった

彼にとって任務とはそういうものだった
彼の仕事は人の命を救うことだったが
誰も彼の命を救うことはできなかった

津波が彼を襲ったとき
彼は腕時計に素早く目をやった
あたかも自分の死亡時刻を推定するように

三月十五日の朝
彼の死亡は確認された
オレンジ色の消防服の袖の下
腕時計は彼の左の手首で
まるで脈拍のように動いていた
時計は息子からの
誕生日の贈り物だったと言う

消防士の肉体は腐敗へ大きく傾き
彼が遂行した勇敢な任務は
すでに忘れられつつあった
けれども時計が
その贈り主を忘れることはなかった

鷗よ

空から津波を眺めた鷗が
陸に餌をもとめてやって来る

（鷗は昨日まで
遊覧船の撒き餌に群がっていたのだ）

春浅い三月の浜辺に
鷗は死体をめがけて舞い降りる
そしてゆっくりと啄み始める

ランドセルを背負ったままの
少年の手を
少女の足を

（石礫で鷗を追い払ってやろう）

打ちのめされた
幸薄い北国の
瓦礫つらなる海辺の町

鷗よせめて
子供の手足を啄むな
人間の哀しみを啄むな

未歩

波にさらわれた母を
瓦礫の中に捜し出そうとして
一日は空しく過ぎた
人生において最も空しい一日が

けれどもそのとき
人生で最も高揚した一日を
彼は迎えようとしていた
翌日の朝

妻が初めての子供を産んだのだ

津波のとどかぬ
高台の病院で生まれた娘は
院内の多くの人びとに祝福された
波にのまれて息絶えたであろう母の
まるで生まれ変わりのような子供の
ちいさな柔らかい手を握って
彼は哀しみと歓びの間を浮遊した

津波の海を泳ぐことができずに
彼岸に向かったであろう母と
羊水の海を泳いで此岸にたどり着いた娘
そこは　死にゆくいのちと
生まれてくるいのちが
激しく火花散らす海辺の町だ

生の岸辺にたどり着いた娘に
妻は未歩と名付けたいと言う
彼は即座に同意した

未歩か
未来を歩む
いい名前じゃないか

II

挽歌、海に流れて

世界中の誰の死よりも
自分の死について考え
その死の人称*を一人称とする
そうすれば
おまえの死は二人称の死になる

おまえと言うのが
妻あるいは子供のことであれば
二人称の死はむしろ

自分の死よりもつらいだろう
幸いわたしとおまえたちは
去年の津波で難をのがれはしたが

ついわたしは〈幸い〉と言ってしまった
しかし累々たる死の前で
生き延びた者が幸いだったと言うのは
いかにも不謹慎なことにちがいない

わたしのものではない
おまえのものでもない
それら言わば累々たる三人称の死を
わたしのものとし
おまえのものとするには
死者への敬虔さが必要なのだ

マグニチュード9・0におびえた海が
脇腹をふいに蹴られた馬さながら
陸にむかって疾走したとき
人びとは言葉を失ったと言う
それでは失われた言葉はどこへ行ったか

同時代に生きて
津波で生死を分けた者たちが
此岸と彼岸で呼びかわすとき
此岸からかすかに流れてゆく旋律がある
それはあのとき失われた言の葉が
言霊となって海に浮かんでできた歌
生者が死者を悼む挽歌である

涙頬に流れ
挽歌は海に流れる

＊死の人称性　柳田邦男氏の造語

三陸慟哭

女川湾　水平線ぼんやりと空に溶け
海鳥《うみどり》たちの羽　せわしなく波を打ち
漁船の音は湾と小乗《このり》の森にひびく
見渡してももはや
陸にマリンパル女川*なく
海にふたつの灯台**はない
ただ氷雨が静かに降りしきる
（灯台はいったいどこに行ったのだろう）

眼前に広がる雑草の原は失った街の亡骸
涙なしに眺めることのできない景色が
遥か海辺へとつづいている
鳥たちが啼いているだけで
冬の海辺に人はいない

だが　わたしには見える
泣き叫ぶ間もなく失われた人びとの
濡れた着衣のままの姿が
幻視というのであろうか
あれから九ヶ月たって年の瀬を迎えても
もはや生きているはずのない人びとが見えるのだ

(三陸海岸の都市と集落に残る津波の伝承に
新しい喪失の物語が加わる)

高台にたたずんでじっと海を見つめつづけると
かつて白灯台のあったあたりの水面で
光っては消えるものがある
何百何千もの魚の鱗が
灯台の代わりに光っているようにも見える
けれどもそれは
湾に沈んだ死者たちの魂の明滅
冥府からやってきて生者に追憶をねがう
いのちのはかない瞬きかもしれない
あるいはそれら死者たちの
氷雨にまじる慟哭の涙かもしれないのだ
それにしても……

あの海辺の幻像が
鱗のように光る水紋に没するとき
灯台は墓標となって海底に立つか

＊マリンパル女川　女川港近くにあった町営の観光施設。
＊＊ふたつの灯台　女川湾の防波堤の両端には白灯台・赤灯台ふたつの灯台があった。

悲歌

もしもあなたが
世界の悲しみを
死者の数で表すとしたら
人はそれを
死者と同数の棺の数で
表すこともあるだろう

それがあながち
間違いと言うのではない

けれども
海がのみこんで
行方の知れない死体は
棺に入れることができない
棺に入ることのない死は
世界の悲しみからこぼれ落ちる
すると
世界の絶望は
マリアナ海溝ほどに深くなる

遺体を棺に入れて火葬することが
今ではせめてもの慰めである海辺の町で
人びとが打ちのめされるのは
そのような絶望の時だ

世界の悲しみは

棺の数だけでは表せない
どんな理由であれ
忘れられて
世界の悲しみに数えられない
幸薄い人間たちの死
それが何よりも悲しいのだ

希望

高台に立ってしばらく瞑想し
それからゆっくりと目を開く

津波の前からすでにさびれ始めていた北国の町が
打ちのめされて目の前に広がる

廃墟とは呼ぶまい
だがこれは限りなく廃墟に近いものだ

それでも季節はめぐって
港に秋刀魚漁の船が入る
夕闇せまるころ
七輪で焼く秋刀魚の煙が
その匂いとともに
向こうの高台の仮設住宅から
町の坂を海に向かって
低くゆるやかに流れてゆく

去年食べた魚を今年もまた食べる
当たりまえのことが当たりまえにできることの
歓びもいっしょに噛みしめながら
だが日常の生活はもどらない
あれから一年半たった今でさえ
まだ希望もはっきり見えるわけではない

それでも希望を語るのにためらいはない
そして逆説ではなしに
ここはそれを語るのにふさわしい場所なのだ

（絶望は昨日のこととして
　希望は明日のこととして語りたい）

目の前に広がる
茫々と雑草の生い茂る大地に
いつの日か町は甦るだろう
いや　もうすでに人びとは
いちどは挫けたこころの中に
新しい町を立ち上げているのではないか

希望を明日のこととして語りはじめた
その日から

千年の祈り

暗い地球の内部の
地層と地層の隙間に
まるで栞のように挿まれて
埋もれている貝殻は耳の形

堆積する土砂は
海の荒れ狂う波の
大きなざわめきのあとで
ゆっくりと沈黙の時を刻む

それから百年たち　千年が過ぎる

そうしてある日
ぼくらはひとつの痕跡に出合う
地球にひっそりと埋もれていた
津波を記憶する地層の
遠い中世・貞観の痕跡に
それは人知れぬ悲しみの
風化を許さぬ千年の歴史だ
平安の古人《いにしえびと》の思いは
遥かな時をこえて
ぼくらの思いにつらなる

その千年の時に抱かれて
しずかに眠っていた地層の
貝の耳に残る中世の悲鳴よ

ぼくの鼓膜の古層で
それはけっして消えることはない
そしてみちのくの民が発した
二十一世紀の叫喚はまだ新しい

あの日喪われた二万の老若男女の
叫喚は新たな貝の耳に残響し
悲しみは新たな地層に滲んでゆく

死にゆく人の最期は厳かであれ
ぼくはそう願う
だがその願いはかなえられない
なぜなら海での死は
惨たらしく冷たいものだからだ

その現実をまえにして

ぼくの仄暗いこころの内部の
思索と思索の隙間に
まるで栞のように挿まれるもの

……祈り

神に祈るのではない
ただ自らの思索の確かさを祈る

それからさらに祈りを捧げる
人間の傲りをいましめ
自然との共生を願う
この国の千年の祈りを

海

海を恨まない
ぼくはまずそう決意する
それから海について考える

海という文字の中には母がいる
そう謳った詩人*がいた
母なる海と言う者もいる

優しく見守りながらも

時に厳しく叱る母を
子供はけっして拒まない
母が優し過ぎるのを
子供は望んでいないのだ

その中に母を孕む海の
千年に一度の怒りの前で
人はなぜ海を恨まないか
肉親と友を失って
家屋と工場を流されてなお
なぜ海を恨もうとしないのか

人は恐らく
海に近づき過ぎたことを
海と親和し過ぎたことを
よく知っているのだ

海は優しい母ではあっても
時には厳しく怒るということも

海の中には母がいる
海を恨まないと決意した日から
ぼくはずっとそのことを考えている

*三好達治のこと

アルバム

娘を失った友人が語る悲話

海辺の砂に一年ほど埋もれていた
紫色の表紙のアルバムを見つけて
指でページをめくりながら
懐かしい情景にあいにゆく
だいぶ色あせた写真の中で
足に名札のついた嬰児が目をつぶっている
生まれてきたばかりの世界を
何もあわてて見る必要はないとでもいうように

名札に書かれているのは娘の名前で

嬰児を抱くまぶしいほどに若い女性は
むろんわたしの妻である
それがやっと見つかった家族アルバムの
最初のページを飾る写真だ

失ったものは返らない
だからわたしはアルバムの中に
失った多くのものを探し出す
探し出してうれしいのは
（そして同時に悲しくもなるのは）
時系列で記録された一人娘の成長だ
足に名札をつけて目をつぶっていた嬰児が
いつの間にか動物園のキリンの前で
まるで自分もキリンになったように
首を長くして目を輝かせて見上げている

忘れがたい写真もある
たとえば体育祭のあとで
臙脂色の運動着を着て娘がつくるVサイン
それは前の日まで練習をかさねて
やっと徒競走で優勝したときの
得意満面の記念写真だ

ああ娘よ
津波に流される恐怖の中で
十五のおまえはどんなサインを送っただろう
それはけっして届くことのない
家族にあてたSOSではなかっただろうか
写真に写ることのなかったそのサインを
わたしは心のファインダーからのぞき見る
（それはわたしの胸に陰画のまま残りつづける）

アルバムの中で
時間は止まっているように見える
けれど時間はその中をゆるやかに流れて
そして現在につづいているのではあるまいか
徒競走でテープを切ったときの娘の
その一瞬の歓びの鼓動が
何だかわたしには聞こえるような気がするのだ

地上の船

桜もすぎた五月の閖上《ゆりあげ》浜に
昨年三月の津波の爪痕は深く
瓦礫の傍に咲く菜の花さえ悲しげにうつむき
春は華やぎをためらっている

家々はほぼ流失し
流されずに残った幼稚園も
そこにいま園児の歓声はなく
園庭に漂着した漁船が一隻

どっしりと鎮座している

漁師の生死はわからない
わかるのは船が海に浮かんでいるのではなく
陸にあがっているということだ
単なる座礁ではない
船にとっては不本意なことに
陸の上で静止しているのだ

青い塗料の剝げた船体を
五月の陽光にさらしながら
その船　蔵王丸は
船首をほぼ三十度傾けて
陸の上に鎮座することの不合理に
ひねもす孤独に苦しんでいる

幼稚園の赤い屋根の
手前に青い蔵王丸
その遥か彼方に
残雪をいだく蔵王の山脈《やまなみ》

船が地上にある不条理の風景のなかを
メルセデス・ベンツが走っている

光とどかぬ場所で

名前を呼んでも
死者に声はとどかない
涙を流しても
憐れみはとどかない

黄泉へ流れ着いた者たちは
そこからはもはや引き返すことができない

引き返せないことが分かっていながら

手を差しのべようとするのだが
もちろん手はとどかない

生者と死者は引き裂かれたのだ
あるひとつの大きな力によって
人間にはどうすることもできない力によって

だからどうすべきなのか
誰にも分かりはしない
それでも　たとえよろめきながらでも
人間は生きてゆくだろう
何か明るいものをもとめながら
だが……

光をもとめても
むろん死者に光がとどくことはない

悲しいことだが
生者にも光はとどかない
この政治の季節には
どうやら生者も
光のとどかぬ場所にいるのだ

死亡届

その死を見届けずに
死亡届を出すことの
つらい二重の悲しみの中で
人は世界の底知れぬ不幸を知る

その死によって自らの時を止めた死者は
そのとき同時に親しい人びとの時も止める
おそらくそのようにして
不幸の波は広がってゆく
それは言うなれば

津波の余波のようなものだ

それにしても
その死を見届けられず
心の中でまだ生きている娘を
役所に届ける一枚の紙切れで
死なせてしまっていいものか
あれから一年過ぎた今日という日に

三月十一日は
極楽蜻蛉のように生きてきた彼に
生きることの本当の意味を問うた
哲学なんか分からない彼に
何となく哲学的な
大きな命題を与えたのである

森と海と

空と海を分かつ水平線のように
あるいは
海と陸を分かつ海岸線のように
生と死を分かつ一本の線があり
生と死を隔てた
目には見えないその線の　生の側で
打ちひしがれて黙している者がいる
生き延びたゆえに苦しむのは
死者にたいする礼儀ではないというのに

向こう側に
むごたらしい姿をした
あまりにも多くの死者たちがいたから
生き延びた歓びは
悲しみの線上で揺れるのだ
多くの死者を見送ったあとでは
生きることは必ずしも歓びではない

あの日の午後
追い駆けてくる海の
大きなどよめきを背にしながら
高台をめざして疾走していた者たち
その時
森は海の恋人だという漁師の言葉も
同時に脳裏を疾走していただろう

あんなにも穏やかな海が
思春期の少年のように訳もなく
ひとつの衝動に突き動かされたのは
やはり　恋人である森に
逢いにゆくためであったのか

あれから一年の月日が流れて
その海がまるで
非行を悔い改めた少年のように
穏やかに凪いでいる
今は　生き延びた者たちが
死者を弔いながら
自然の摂理に思いをはせる時である

Ⅲ

石棺

その中で科学の全能を否定するために
その内側に文明の傲りを閉じ込めるために
まずは石棺の準備を急がねばならない
原子炉を襲う tsunami が
あり得ないひとつの仮構とされた歴史を
今はにがく思い出しながら

焼《く》べた薪の火がはぜる暖炉ではなく
ただひたすら臨界のつづく炉の内部で

知らぬ間に融合されていた新しい時代のクライシス
安全神話の炉心溶融《メルトダウン》が近づいていた海辺の建屋

神話は滅びるためのはかない仮象であろうか
三月のとある寒さの厳しい午後
時化た海のマグロ漁船のように
この国の半分が激しく揺れて
やがて水素爆発とともに滅びた神話よ
信じてはならないものを信じたゆえの
あの爆発がこの国の風景を変えたのだ
自然の風景　心の風景もろともに

春まだ浅いふくしまの海辺
恐山の荒涼たる景色の地平を遥かにこえて
ヒロシマ・ナガサキの惨劇につらなるところ
人びとは涙ながらに

はてしなく臨界を欲望する原子炉と
人間の倨傲をともに封印しようとするのだ
腐蝕する木棺ではなく　石棺の中に
たやすく腐蝕することのない石棺の中に

水棺

たとえば麻疹《はしか》の子供の額を冷やすように
ジョギングの後のほてった体に
冷たいシャワーを浴びせるように
科学がうみだす熱も
やはり冷やさねばならないという
原子の火もきわめて原始的に
水で冷やさねばならないというのだ
炉の格納容器をどっぷりと沈めて

まだ生きている炉を
水のなかでゆっくりと責めたてる
そこは二十一世紀の水牢である
炉よ再臨界を望むな　おまえは
母なる科学の子宮にもどってゆく胎児だ
羊水を懐かしみながら
静かに眠るがいい

ひとつの時代の終焉に
世界は水葬の大きな斎場となる
そこでは悲しみの涙はなく
ただひとつの決意
炉を水にひたそうとする固い決意が
おまえに別れを告げるだろう

炉を水の棺に入れて葬る儀式を

うつくしまふくしまの春の光にうたれながら
限りない悔恨のなかで執り行う
ほかでもない
炉の熱を冷却するために　そうして
時代の狂気をしっかりと冷やすために

動物哀歌

一人の人間が死んでも
世界は変わらない
まして一頭の馬が死んでも
世界は微動だにしない

けれども　その死を悼むことは
人間の愚かさを省みることだ
その馬を置き去りにして
虚しく死なせるのが人間ならば

その罰はとうぜん人間が受けるものだ

馬の忍従を誤解してはならない
その目が優しく見つめていても
馬は人を許しているのではない
それは悲しみに打ちひしがれて
世界の最期を見つめているのだ

かつて
相馬野馬追軍旗争奪戦の
法螺の音に心躍らせて
夏草繁る大地を駆けていた馬よ
馬はいま痩せ衰えて
厩舎の隅で死を待っている

その厩舎に降り注ぐヨウ素131の雨

森と田園を吹き抜ける
目には見えないセシウムの風
忘れてはいけない
そこには
動物の悲しみを知らない人間の
非情の風も吹いているのだ

牛を屠畜に送る人間の詩

飯舘村の酪農家のつぶやき

搾乳の手をふと休めて
今日の虚しい始まりに溜息をつく
搾った牛乳はぜんぶ捨てるのだ

向こうに菜の花畑がつづく
のどかな田園の中の溜池に
タンクに入れた牛乳を捨てにゆく
それが酪農家としての
おれの朝の仕事だ

池は白く泡立ち
おれの心も虚しさに泡立つ

牛は餌を与えられ
乳は言わばその返礼なのだが
今はその牛乳を飲む者は誰もいない
牛はもちろん知るまいが
それでも牛の目は
何だか悲しそうではないか

（朝の牛舎は沈黙が支配して
希望の光は注がない
降り注ぐのはセシウムだけだ）

柔らかくて温かい牛の乳房を搾って
乳をみんな池に流すのだと思うと

搾乳の指先はやるせない
それは人間にとって
実りのない虚しい労働なのだから

ここでは労働が否定され
もはや働く歓びはない
多くのものが破壊されたが
もっともひどく壊れたのは
おそらく人間の心だ

おれは明日
牛を屠畜に送らねばならない
明日の朝おれは
牛と目を合わせることができないだろう
セシウムを牧場いっぱいにまき散らす
愚かな人間の罪にはじっと口をつぐみ

壊れた心のままでおれは
ただ黙って綱を引き　そうして
牛をトラックに載せてやるだろう

ああその時
悲しい目をするのは
牛だろうか
それとも（人間である）おれの方だろうか

忘却

世界の片隅で
記憶されるまえに忘れられることがある

ヒロシマ八時十五分
ナガサキ十一時二分
ふくしま十五時三十六分

ヒロシマはときどき思い出され
ナガサキはしばしば忘れられ

ふくしまはほとんど記憶にとどめられず

だが記憶されないことは
存在しなかったのではない
むしろ記憶されないゆえに
ひそかにその存在を主張することがある
目には見えないもので
たとえば放射性同位体によって

生活の片隅で
記憶せずに忘れてしまいたいことがある
けれども忘却が
人びとを幸せにするとは限らないのだ

福島の子供たち

ふっくらとして愛らしく
柔らかな産毛さえまるで福島の桃のような頬の子供たちは
いまセシウムの霧のなかで悲しみの声も出さずにいる
そしてそれが世界の一番の不幸だと
大人たちはとうに知っている

触ればみずみずしい果実の弾力が指に伝わる頬を
つついてにっこり微笑むと
つられて微笑む子供たちの喉元に

はりついて動かぬ甲状腺の悲哀よ
それはやがて消えてゆくのだろうか

自らを責める素振りの
けれども決して本気で責めているのではない
大人の演技をテレビで見ながら
子供たちはおのれの不幸を感じていないか

利益と効率の経済原理にもてあそばれて
屋内に監禁される子供たちは
じっと校庭の除染作業を見つめる

その作業の先にあるものを子供たちは見ているだろう
大人たちには見えないものが子供たちの目には見えているだろう

子供たちよ

この不幸を幸せに変える
その日を信じて二十歳《おとな》になれ

哀歌、十七歳の

休憩時間はいつでも
笑い声が教室に充ちていた
箸が転んでもおかしい年頃というが
少女たちは箸が転びもしないのに
賑やかに笑い転げていた

けれどもそれは三月までのことだ
授業が再開した教室では
昼休みでさえ大きな笑い声はない

少女たちはささやくように話す
自分たちの不幸を知られるのを
まるで羞じるかのように

受験は福島の大学
結婚相手も福島の人にするつもり
他県の人とは結婚できないだろうし

会話の中で諦めを笑いにまぎらせて
自分を偽りながら今日を生きる
今日を生き延びれば
明日も生き延びられると
確約してくれる者はいないだろうか
しかもそこには確かな未来があると

午後の授業で

国語の教師は静かに板書する
〈人間到る所青山あり〉
少女たちはノートにそれを書き写す
そして教師の説明をじっと待つ

青山とは墳墓の地のことだよ
初老の教師の声がひびく
彼は時雨降る窓の外を見て
それから低くつぶやく
青山は到る所にある

漂流

請戸港*の若い漁師に捧げる

アイナメ漁の船が出る
東雲ぼんやり明らむまえのまだほの暗い請戸《うけど》の港で
見送る妻は彼と彼の父の無事を祈る

妻が祈るのはいつも
豊漁よりはむしろ帰港の無事だと言う
けれどもその日初めて妻の祈りは海に届かなかった

ふだんは穏やかな海が

尻尾を踏まれて驚いた牛のように
怒りくるって暴れだした
それは漁をおえて船が港に近づいていた時だ
船はなすすべもなく銀灰色の波に翻弄され
ちょうど産卵時の鮭のように
請戸川のあたりをまっすぐに遡っていった

港は海の底に沈み
家々は屋形船さながら浮かんで
地球上がすべて海になったようだ
けれども遠く西の方には阿武隈の山脈《やまなみ》が見え
北斎の富嶽三十六景を思わせる
だがそれは地獄絵そのもの

漂流しながら船の操舵をあきらめた父は

彼と反対側の手摺につかまり
体をゆわえるためのロープを彼に投げてよこした
だがその瞬間父は波にさらわれ　あっという間に海に落ちた
それから間もなく彼も海に投げ出された
すぐそこに　流れる民家の屋根が見えた（ような気がした）
それから意識を失った

寒さに震えて気がつくと
彼はその屋根の上に横たわっていた
地球にはなにごともなかったかのように
星が満天にきらめいている
ほんとうは空腹なのに
食べることはいっさい思い浮かばず
考えるのは海に投げ出された父のこと
家で待っているはずの妻や子供たちのことばかり

やがて夜が明ける
昨日の朝とおなじように
東雲がぼんやりと明るんでくる
けれども請戸の港はすでに消えて
遠くに原発の白い建物が見える

工業高校を出たおれは
父の後を継いで漁師にならず
周囲が勧めるように原発で働いていれば
こんな地獄を見ずにすんだかも知れない
白亜の城にも似た原発の建屋を
遠くまぶしく眺めながら彼は何度もそう思った

ああ　だがなんということだろう
その日の午後
原発で爆発が起こるのが見えた

雲のように湧き上がる白い煙が
彼の心を凍らせた
福島の人びとの
陸の上での漂流が
そしてディアスポラ**が
まさに始まろうとしていたのだ

*請戸港　福島県浪江町の漁港
**ディアスポラ　離散・移住

メルトダウン

I

賢者ならば
今日の不幸は昨日のうちに悼み
明日の不幸は今日のうちに悼む*

見た目には堅固な生活のなかの幸せが
原子炉の燃料棒のように溶けて崩壊するとき
もしそれに気づかなければ

ぼくらはとても賢者とは言えない
それでは明日の不幸を
今日のうちに悼むことはできないからだ

賢者になることを願いながらも
ぼくはひそかに怖れている
幸せの他にぼくらの日常の何か大切なものが
（むろん愛や正義や思想も含めて）
知らず知らずに溶け落ちてはいないかと

2

ヒロシマとナガサキから何を学んだか
そう問われればぼくらは答えない訳にはいかなかった
ぼくらはその大切な問いに答えて
そこから戦後の一歩を踏み出したはずだ

けれどもぼくらはどこかで道を誤ったのではないか
核が制御不能であることをすっかり忘れたふりをして
あるいはうっかり科学は全能だと思い込んで

原子炉の安全神話を語るとき
〈安全〉は溶け落ちて神話だけが残ったことを
今なら誰でも知っている
だが本当のところ
炉心溶融《メルトダウン》がどんなものか
ぼくらの多くは知らなかったのだ
（驚くべきことに　もう早くも
第二の神話が語られようとしている！）

3

もしもこの国が今溶け始めているとして
そのことに気づかなければ

ぼくらは氷山に衝突した豪華客船で
撞球《ビリヤード》に熱中している乗客のようなものだ
（船はすぐには沈まない
けれどもいずれ海底に没するだろう）

そうであればあなたは今
原子炉の炉心溶融だけでなく
この国そのものの溶融崩落《メルトダウン》について
人びとにはっきりと伝えなければならない
まことしやかにこの国のかたちを変える
悲劇のカウントダウンが始まる前に
いや　カウントダウンはもう始まっているかも知れないのだ

4

明日の不幸を今日のうちに悼むために

もし目覚めなければ
明日の午後　この国には弔鐘が鳴り響くだろう**
誰の為に？
もちろんあなたの為に

*ジャン・ピエール・デュピュイ著『ツナミの小形而上学』に、「私（ノア）があなたたちのもとに来たのは、（中略）明日の死者を今日のうちに悼むためだ」とある。
**ジョン・ダンの詩 “For whom the bell tolls?” の捩り

あとがき

これは私の第四詩集で、津波と原発がテーマである。思うに、悲劇を悲劇的に描くのはやさしいが、悲劇の中で人間の再生と真の希望を語るのはむずかしい。

3・11のあとで、日本人に、とりわけ日本の詩人に何が問われたであろうか。そしてその問いに詩人はどのように答えたであろうか。この詩集は被災地・仙台に住みながら現代詩にかかわる私の一つの答えである。

ところで、「希望学」を唱える東京大学の玄田有史教授らは岩手県釜石で研究調査を行ってきたが、その釜石は3・11で甚大な津波の被害を被った。「希望学」にとっても、釜石にとっても大きな試練に直面したことになるが、はたして釜石に希望はあるだろうか。私はあると信じている。そして、それは明日の東北の未来にもつらなるものである。「希望学」の未来もそこから開けてくるであろう。

詩がもしも明日をてらす灯りになり得るならば、希望の社会性の名で詩が社会をリードすることは可能であろう。それこそが詩人の使命ではあるまいか。

私は原発を否定的に描いたが、それは私たちの希望を否定するものを肯定する訳にはいかないからである。

今回も思潮社会長の小田久郎氏、編集部の遠藤みどりさんに大変お世話になりました。こころから感謝申し上げます。

斎藤紘二

二〇一三年二月　仙台にて

斎藤紘二（さいとう　ひろじ）

一九四三年　樺太に生まれ、秋田県横手市で育つ
東北大学法学部卒業
二〇〇六年『直立歩行』（思潮社）
二〇〇七年『直立歩行』にて第四〇回小熊秀雄賞受賞
二〇〇九年『二都物語』（思潮社）
二〇一一年『海の記憶』（思潮社）

挽歌《ばんか》、海《うみ》に流《なが》れて

著者
斎藤紘二《さいとうひろじ》

発行者
小田久郎

発行所
株式会社思潮社
〒一六二―〇八四二　東京都新宿区市谷砂土原町三―十五
電話〇三（三二六七）八一五三（営業）・八一四一（編集）
ＦＡＸ〇三（三二六七）八一四二

印刷
三報社印刷株式会社

製本
小高製本工業株式会社

発行日
二〇一三年三月十一日